D1735517

PORYSUNNIK

40.068

40 934 → Service Meldung / Kunde informieren.

Stefan Supplus ~ Reply Received.

⌐> when you get the Austauch
let us know !, so we com.
prepare the Word. LS.

ZAKUPY

Gemini
→ Szampony Joanne + Odżywka
→ Olejek Nuxe
→ Krem Nuxe do twarzy.
→ Żel do mycia Cerave
→ Dla Ojca → Gemini farina
→ Accord.
→ Zmywacz do paznokci

→ Na spe
→ Samoopalacz
→ Biały Jeleń + 1 szampon Kerdyne
→ kuople do osm:
→ Propolis

7

Idealnie zaplanowany miesiąszek

RMA —

(41.615
41.505)

CL8003 → schließen

Mine → Cair 41728

CARDILINK   AED301

AED → SN   ENTSCHEINED

(41.505)

22.06.

Fabienne
2nd Replacem.

(301) → NKIT Bergamo paired with a new
condicom (that they took from stock)
            probably
    → keep the client happy

(304) → also: not using / at the customer
AED works / condi.com does not
            work ?

RC × twice
4 condicorp solution
8 AEDs → 8 Condicorp

first they solve the error
Battery 2020 → this module is different

Customer paid
for the service
↳ problem has to be
solved within
2 days
that is why they
speeded up.

~ Cardiorm

500 EM

complaint →

Same customers

POMYŚLEĆ, JAK MOGĘ WYJŚĆ Z PUDEŁKA, W KTÓRYM
ZAMYKA SIĘ MOJE ŻYCIE. MIŁE TO PUDEŁKO
TAKIE. SWOJSKIE TAKIE I Z KLIMATEM.
DOBRZE URZĄDZONE, KWIATY PODLANE,
OBIAD ZROBIONY. PÓJDĘ NA SPACER,
ALE WRÓCĘ. WRÓCĘ DO PUDŁA JAK DO
MIŁEJ CELI I CO MI ZROBISZ.

Szkolenie:

- IW 32 → Arbeits plätze

→ ~~Ansprache~~ Mo Könin

→ i z tym Autowschem potoczen.   Bau.

→ Änger + SN im IW 32

→ When taking over the case — decide

→ Unsere Queue Admin → war post drin

wc + die case

Your personal queue → you have to forward to us...

→ Field Service.

Tym razem sławne motto: "Wszystko będzie ok. Poczekaj. Poczekaj. CZEKAAAJ!"

Poniedziałek	Wtorek	Środa	Czwartek

Środa: Rosbach

Czwartek: Korbach. Rebecca

badanie wspólu w firmie

Wtorek: Pilates - zaprosić ludzi!

Środa: 14:00 zamyka się system

Peuuy → kawa - herbata

7 ogm. zasiany

Czwartek: 20:30 Zdzwonka z Martą

14

Piątek

Sobota

Niedziela

- 17.03
  16 me office

Po południu
[Obrzaić Iphony

Augen dubel
      Notes i
knyzki do nieniclego]

20^15 TAR

Wolne — sprzątnę & w
            robotę

w niedziele, powystawiać

W środku
jestem
CHUDA

15

~~501 753 7400 - 576~~

20

Nowa lista [19.06]

- ~~Faxando - spytać się urząd podatkowy~~ ✓
- ~~zawieźć auto do naprawy~~ ✓
- sukienka letnia
- ~~Body shop - wtypomyśleć 5 EURO~~
- KON MARI - rzeczy
- ~~zmierzyć łóżko~~ ✓
- szafa zamocować
- półka zamocować
- ~~spakować rzeczy do wysłania~~ / wysłać z powrotem ✓
- ~~Decathlon - sandały~~ ~~- buty?~~ ✓
  - ~~pasami~~
  - ~~buty do pływania~~
- ~~Greek hypermarket - Tatuu~~ ~~- ciastka dla gościa~~ ✓
- ~~H & M odebrać~~ ✓
- IKea - szafa
  - spakowanie na audy
- spytać się, czy mogę zawieźć w piątek do nana

Poniedziałek — Wtorek — Środa — Czwartek

Polenda   Belgium
EMT ↗

W tym tygodniu zrobię DLA SIEBIE :
W tym tygodniu będę mieć GDZIEŚ :
W tym tygodniu W KOŃCU zajmę się :
W tym tygodniu nie mam zamiaru ZAJMOWAĆ :
                                          SIĘ

 **Piątek**  **Sobota**  **Niedziela**

Ważny dzień – uprać
pościel

- Uk
- umówić Lukasa
- ofesty

Rano : zakupy
- śmietana — sałaty
- por — cytryna
- jabłko - wsrę non albo
- majeranek

zrobić sałatki

16:00 sprzątnąć
mierzchami

- przestawić meble
- ogarnąć

do 15:00 ogarnąć

15:00 Prysznic

17:00 Goście

23

Rysuj po liniach
i wymyśl sobie PORYSUNEK.

~~Po powrocie z Polski~~

~~→ domiszli~~
~~→ Ebay meble sprzedać i materiał 1/2~~
~~→ Komman~~
~~→ Vinted 1/2~~
~~→ Podatki~~
~~→ Ubezpieczenie mieszkania~~

El fx.
↳ warum ist die Paste flüssig geworden.
↳ Bescheid geben
↳ so t does not happen again.
LOT Nr → Ablauf dahin
↳ They used t 6 month after
the date.

25

Poniedziałek

Wtorek

Środa

Czwartek

Piątek

Sobota

Niedziela

| Candytinde / 26.07.2023 |

Germany
↑

| Gewährleistung | → dicteted by law BGB
                   → 2 years
                   → fault in the product → error or defect
                                             repaired
                   → not possible to repair → the price can
                                               be reduced
                                             → subch tution
                   scrab   → give the money
                                               bad

Warranty / Garantie → suplementary conditions which
                        extend
                      → it is decidde in A & D
                      → extra to Gewährleistung

_____

European law — 12 months — Warranty

29

Idealnie zaplanowany miesiączek

INVENTUR

Ich sehe auch so!

Service Verträge ⇒ Markus Beilenhoff.
DACH Gebiet.

Nuevo corol ⇒ C̲ ⇒ Stefan Richter
                    +
                 Piamedic

Text Pdons License ⇒ Henrike Sorcnerein

Poniedziałek   Wtorek   Środa   Czwartek

[przemyślane wzdłuż i wszerz.
ale jeszcze może
spróbuję po skosie]

32

Piątek   Sobota   Niedziela

Candolink · 15.09.23

→ Strukturen

[THE NEW CASE] !

43027 → abragen   43906

Leihgeräte →

KV → 6051274

Seviceadress   Dr Sicoller
                    wechseln
                    bleibt

35

„Miałeś, chamie, złoty łańcuch, a teraz nie masz na zielone curry".

Poniedziałek | Wtorek | Środa | Czwartek

Środa:
od rana
Zad. dom
z niemieckiego

To DO
- ~~zrobić~~
- ~~prasie meus~~
- łazienka
- odebrać paczki
- wysłać paczki
- zad. dom
  z niemieckiego
- pranokie. 9, 12

Środa (prawa):
- prane
- pościel
- prane bielizna

Czwartek: Rosbech

Niemiecki.

19⁰⁰ spacer
po niemiecku.

Ikea

Co mi spłynie z góry — manna czy tortury?

Jest dobre,
całkiem nieźle, plan wykonany
w 10%.

Piątek   Sobota   Niedziela

Rosbach.   1) Dokończyć United.
                  2) Ebay
                  3) Konuniać trochę.

                  Zakupy + domiało
                        + gwoździki

ok. 16:00 BASEN?

Kino?

DZISIAJ
nic mnie
nie rozprosy!
O, nowe
produktu
w ulubionym
sklepie!

37

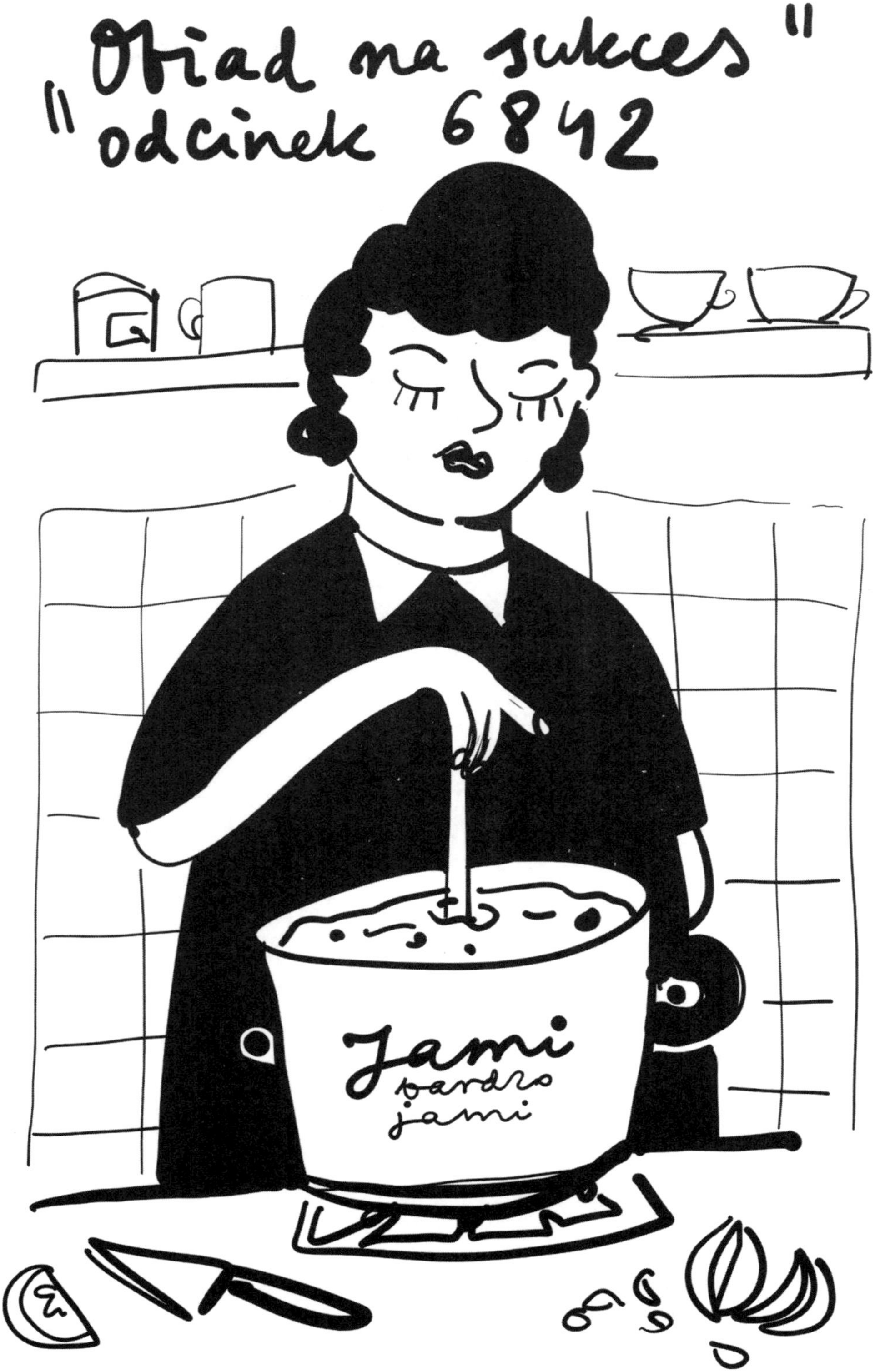
„Obiad na sukces"
odcinek 6842
Jami
bardzo
jami

39

malutki
Poniedziałek

wtorek

Środa

Czwartek

Piątek   Sobota   Niedziela

DANIE
na
dwa
dni,
a już

wszystko
zjedzone

41

42

nie ignoruj mnie
czy możesz się nami zająć?
weź nas!
weź mnie do ręki!
#!
WRrr
F..K!
to jest zwykły GHOSTING!
Coś chyba narysuję, bo czuję, że ktoś się tutaj niecierpliwi

Poniedziałek   Wtorek   Środa   Czwartek

Piątek   Sobota   Niedziela

Poniedziałek   Wtorek   Środa   Czwartek

Piątek   Sobota   Niedziela

plany na wieczór

Otóż jestem
człowiekiem
dojrzałym.
Niech mnie
ktoś zerwie

Idealnie zaplanowany miesiączek

Poniedziałek   Wtorek   Środa   Czwartek

Piątek   Sobota   Niedziela

CHCIAŁABYM, żebyś
mówił, O CO ci chodzi, tak
żebym zrozumiała,
bo teraz, jak mówisz,
o co ci chodzi, to ja,
słyszę zupełnie coś
innego,
o CO
MI
CHO
DZI

PORYSUNKI
MAGDA
DANAJ

moje silne strony

moje bezsilne strony

może warto skupić się na

w ogóle nie warto myśleć o

oderwać się do

totalnie olać

cieszyć się, że

54

Poniedziałek   Wtorek   Środa   Czwartek

Piątek   Sobota   Niedziela

Podsumowanie
zadowolenia

5 powodów mojego zadowolenia

- _____
- _____
- _____
- _____
- _____

tak, tak, bardzo jestem zado.. zadowo... owodo... lona

i jeszcze trzy takie średnie powody

1. _____
2. _____
3. _____

Najmniejszy powód _____

58

tydzień pełen cudów

Poniedziałek   Wtorek   Środa   Czwartek

STOP
z tym
całym
pesymizmem,
będę
teraz
wkurwiać
wszystkich
optymimizmem

Piątek **weekend pełen magii** **Niedziela**

Sobota

tak,
nie!
oczywiście

A po pracy chodzimy na zakupy, winko, kolacje, do kina, do teatru i na koncerty *
* chyba że dzieci mamy
* chyba że inflacja i kryzys
* chyba że pandemia
to u domu siedzimy i pijemy

Moje głębokie przemyślenia z tygodnia:

to życie
takie
nierówne.
krzywe takie

Piosenka,
która za mną
chodzi: . . . .

Poniedziałek   Wtorek   Środa   Czwartek

Piątek   Sobota   Niedziela

Poniedziałek

Wtorek

Środa

Czwartek

Piątek

Sobota

Niedziela

Idealnie zaplanowany miesiączek

tydzień
Miłości
do siebie

Poniedziałek

Wtorek

Środa

Czwartek

Piątek

Sobota

Niedziela

pękam
z dumy,
gdy
patrzę
na siebie,
rozwarcie
jest
naprawdę
wielkie!

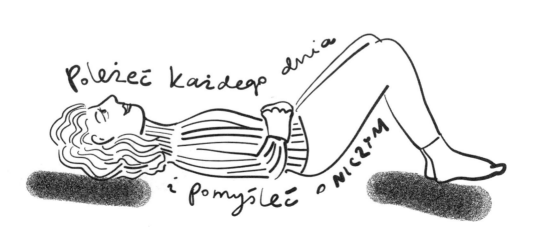

Poniedziałek

Wtorek

Środa

Czwartek

Piątek

Sobota

Niedziela

Poniedziałek   Wtorek   Środa   Czwartek

Co robię w pracy
(kiedy nikt nie patrzy)

Piątek   Sobota   Niedziela

Poniedziałek   Wtorek   Środa   Czwartek

Piątek   Sobota   Niedziela

Zostawił
DOWODY
miłości,
nie
zetrę,
niech
świat
zazdrości

Aktualnie kocham: _____

PORADA DOBRA BARDZO

"Życie jest krótkie i szybko przemija.
Nie przejmuj się. Nic nie poradzisz."

Poniedziałek   Wtorek   Środa   Czwartek

Piątek   Sobota   Niedziela

Idealnie zaplanowany miesiączek

Poniedziałek   Wtorek   Środa   Czwartek

Piątek   Sobota   Niedziela

włajaż
wŁAjaż

PLANY, plany, plany

spis miejsc, gdzie pojadę,
jak tylko będę miała czas,
pieniądze i ochotę

- samolotem
  _____
- rowerem
  _____
- autem
  _____
- hulajnogą
  _____
- tramwajem
  _____
- ukochaną PKP
  _____
- popłynę łódką!

Takie
moje
plany: _____

Cytat
tygodnia
bardzo sławny: "Zamawiałam
coś innego"!

Poniedziałek   Wtorek   Środa   Czwartek

Piątek   Sobota   Niedziela

96

98

Poradnik: "Nie ziewaj tyle przy ludziach, którzy są nudni. Zorientują się!"

Poniedziałek   Wtorek   Środa   Czwartek

Piątek   Sobota   Niedziela

nigdzie nie wyjdę, w domu będę sobie gnić (bo kompost to też życie!)

Poniedziałek | Wtorek | Środa | Czwartek

Piątek | Sobota | Niedziela

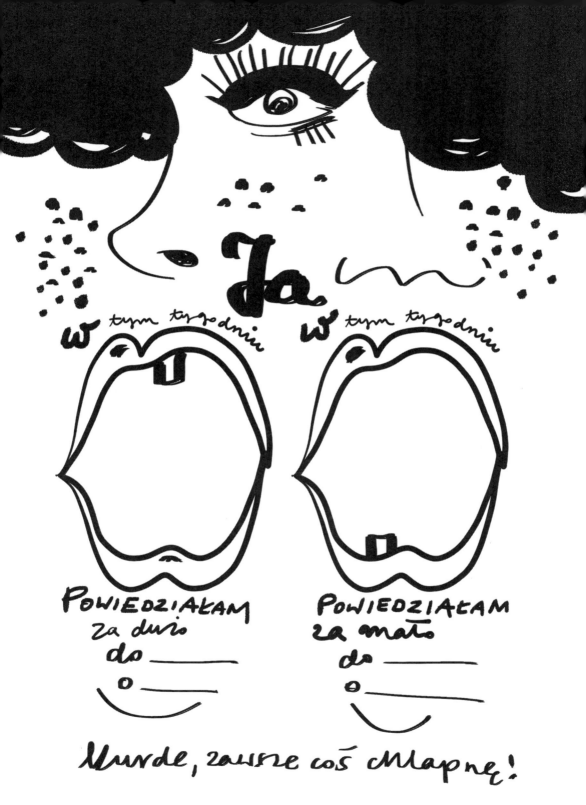

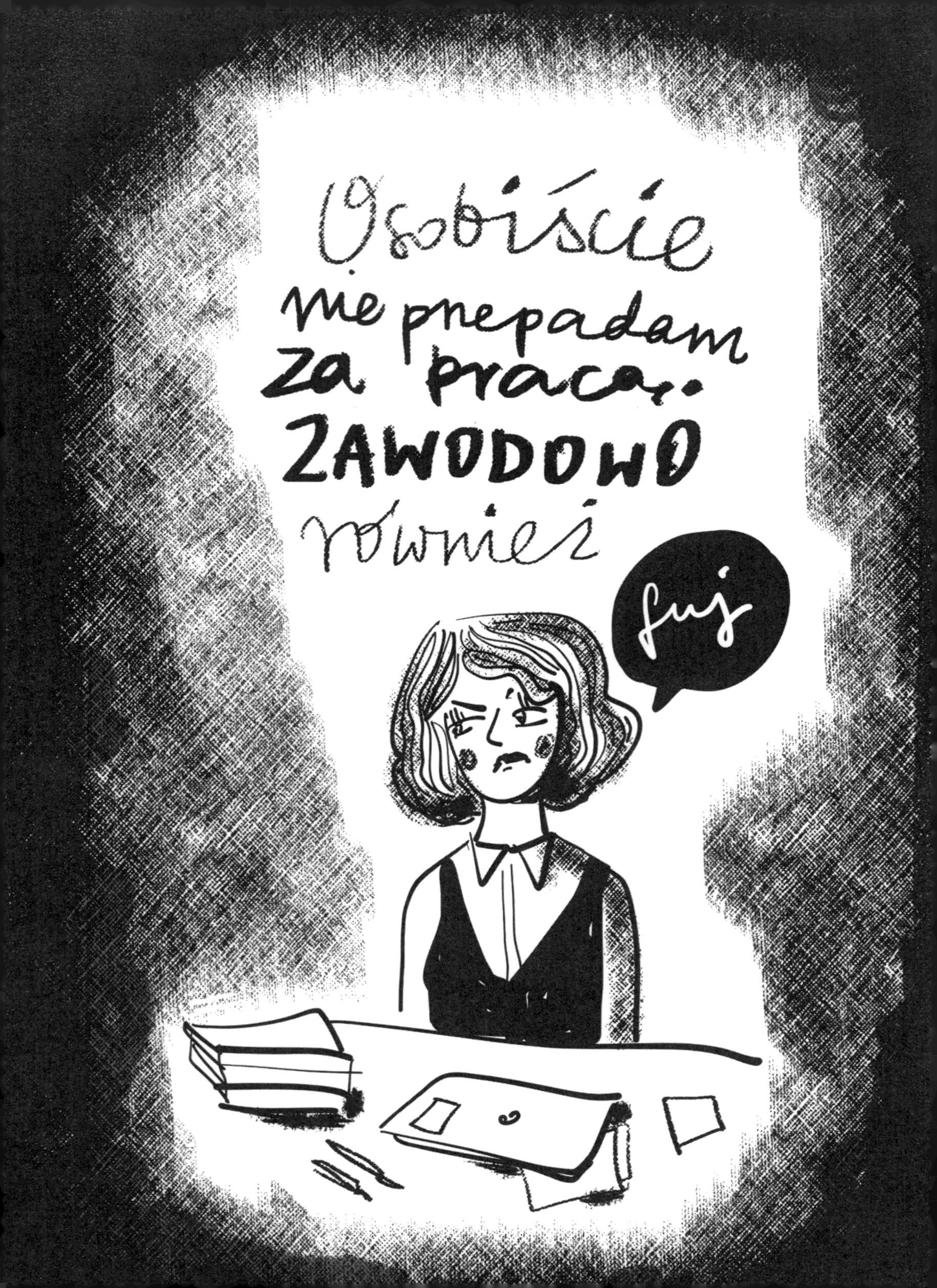
Osobiście nie przepadam za pracą.
ZAWODOWO również
fuj

Poniedziałek   Wtorek   Środa   Czwartek

Piątek   Sobota   Niedziela

moje listy, zapiski, notatki, dramaty, tematy, pomysły

lubię tak sobie zapisać i potem zapomnieć

Idealnie zaplanowany miesiączek

Cytat
(śracny): „ Jest jak jest, nie jest, jak nie jest,
tygodnia   będzie, co będzie, nie będzie,
                        czego nie będzie ”!

Poniedziałek   Wtorek   Środa   Czwartek

czy to jest już
MÓJ CZAS,
czy jeszcze mam
czekać?

Piątek   Sobota   Niedziela

wszystko to potrzebuję, wszystko to potrzebuję, nic nie przeptaciłam,

na wszystko zastliyżiam

114

Poniedziałek   Wtorek   Środa   Czwartek

Piątek   Sobota   Niedziela

co się stanie, gdy się stanie?

Poniedziałek   Wtorek   Środa   Czwartek

Piątek   Sobota   Niedziela

Motto/ CO JA ROBIĘ?!
pytanie
filozoficzne

Niedziela → Wtorek → Środa → Czwartek

tonę... w nudzie i utrudzie

jestem na tak

Piątek ➜ Sobota ➜ Niedziela
(nie działaj
niczego)

Poniedziałek

Wtorek

Środa

Czwartek

Piątek

Sobota

Niedziela

muszę
pozbyć
się
tego
kołtuna,
rozwią-
zać
się
trochę

Idealnie zaplanowany miesiączek

Poniedziałek   Wtorek   Środa   Czwartek

Czas podlewania przyjaciół,
który regularnie piją i się puszczają
pędy

Piątek   Sobota   Niedziela

Uff.
Dobrze,
że jemne
żyjecie

134

Poniedziałek   Wtorek   Środa   Czwartek

Piątek   Sobota   Niedziela

Notatki **BARDZO** _ważne_

TRENING

KUPIĆ:

i jeszcze

NOTATKI INNE

FILMY

POSTANOWIENIA

książki

marzenia

Plany krótkofalowe

Plany NA KIEDYŚ

ZAUROCZENIA

akcje i reakcje

Bez żartów, ten tydzień jest początkiem wielkich **ZMIAN.** Zmień bok, na którym leżysz

Poniedziałek   Wtorek   Środa   Czwartek

totalnie **ODLECIAŁAM,** daj mi chwilę...

140

Piątek   Sobota   Niedziela

nie
pogardzę
chwilą
przyjemności

Piątek   Sobota   Niedziela

nie
pogardzę
chwilą
przyjemności

「Spakuj się mądrze. Tylko ładne
               rzeczy!!!」—
Poniedziałek   Wtorek   Środa   Czwartek

dobre rady [Żeby zwiedzić, musisz chodzić, a nie leżeć. Takie jest prawo.

Piątek   Sobota   Niedziela

147

— słońce, słońce, ale jeszcze chwilę się powaham

Poniedziałek   Wtorek   Środa   Czwartek

Piątek   Sobota   Niedziela

150

Idealnie zaplanowany miesiączek

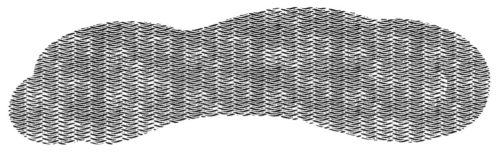

ekie planowałam
zostać superbohaterką.

SAMO WYSZŁO

Moje **moce**: 1.

2.

3.

4.

5.

6.

7.

Poniedziałek   Wtorek   Środa   Czwartek

Piątek   Sobota   Niedziela

tona
miłości

NAUKA JĘZYKA

moje plany (a rzeczywistość potem)

te quiero mucho

Kiedyś chciałam nauczyć się francuskiego, ale jeri nawet nie rozumiem ludzkiego

ich bin y-y...

wulewu kusze awekmła, tada!

Poniedziałek | Wtorek | Środa | Czwartek

Piątek | Sobota | Niedziela

lejenie

Tydzień mobilizacji **TOTALNEJ**!
Napierdalamy

Jej!!!

Poniedziałek   Wtorek   Środa   Czwartek

tak, tak,
już wychodzę
do pracy

A w weekend — do INNEGO dzieła!

Piątek   Sobota   Niedziela

plany wakacyjne, miejsca, które muszę odwiedzić
(w tym życiu)

Cytat bardzo dobry na teraz: „Nogi są do chodzenia, ręce do niesienia, mężczyzna do zniesienia."

Poniedziałek   Wtorek   Środa   Czwartek

Jestem taka piękna,
że aż przesada

Piątek Sobota Niedziela

Poniedziałek

Wtorek

Środa

Czwartek

Piątek

Sobota

Niedziela

ograniczam tele fon, poszerzam KON TAKTY

Idealnie zaplanowany miesiączek

Poniedziałek Wtorek Środa Czwartek

Piątek Sobota Niedziela

Pokoloruj mnie,
zrelaksuj
się

PORTRET damy
z komóreczką

Moje motto
na dzisiaj:

Poniedziałek

Wtorek

Środa

Czwartek

Piątek !!!

Sobota

Niedziela

PROSZĘ:
Zasługujesz na zwycięstwo!
(szczególnie dzisiaj)
NIGDY SIĘ NIE PODDAWAJ!
chyba że już bardzo, bardzo ci się nie chce, to możesz.
I BĄDŹ Z TEGO DUMNA!

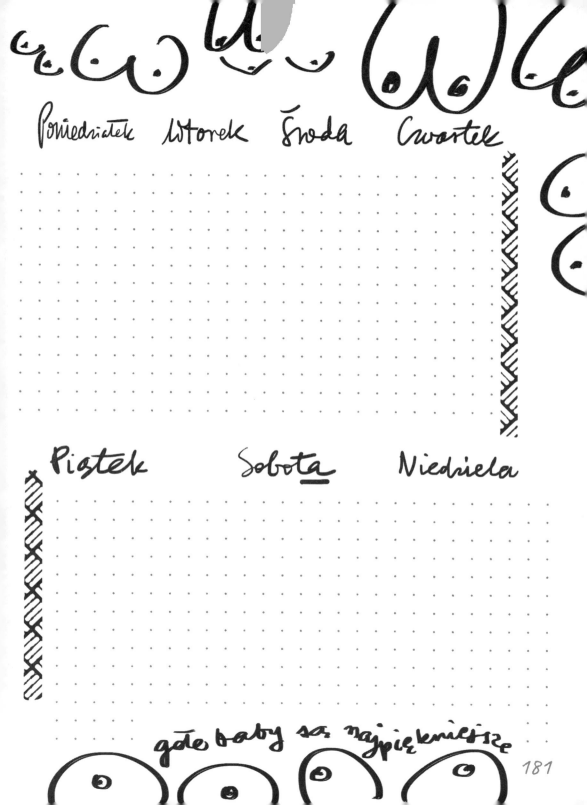

Poniedziałek   Wtorek   Środa   Czwartek

Piątek   Sobota   Niedziela

gdie baby są najpiękniejsze

Poniedziałek   Wtorek   Środa   Czwartek

Piątek   Sobota   Niedziela

Poniedziałek   Wtorek   Środa   Czwartek

Piątek   Sobota   Niedziela

Idealnie zaplanowany miesiączek

Wino nigdy cię
nie zdradzi, ale ty
możesz je śmiało wymieniać
i przebierać. Byle nie mieszać.
Mieszanie zazwyczaj wychodzi
niesmacznie
(twój osobisty coach życia :-))

Poniedziałek   Wtorek   Środa   Czwartek

Piątek   Sobota   Niedziela

P.S./ Kupić wino!

POGODA jak zwykle piękna

- Poniedziałek

- Wtorek

- Środa

- Czwartek

- Piątek

- Sobota

- Niedziela

Nic nie
szkodzi,
że dzisiaj
nic nie zrobiłaś.
Przynajmniej
przeżyłaś

Poniedziałek   Wtorek   Środa   Czwartek

potrzebuję
więcej
~~miłości~~
seksu

Piątek

Sobota

Niedziela

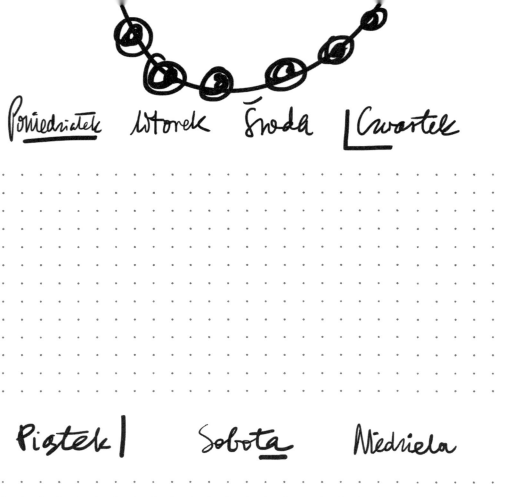

Poniedziałek   Wtorek   Środa   Czwartek

Piątek   Sobota   Niedziela

Poniedziałek

Wtorek

Środa

Czwartek

Piątek

Sobota

Niedziela

Idealnie zaplanowany miesiąszek

Poniedziałek   Wtorek   Środa   Czwartek

Piątek   Sobota   Niedziela

Poniedziałek   Wtorek   Środa   Czwartek

Piątek   Sobota   Niedziela

I PO
PROBLEMIE

Poniedziałek

Wtorek

Środa

Czwartek

Piątek

Sobota

Niedziela

Poniedziałek Wtorek Środa Czwartek

Piątek Sobota Niedziela

Poniedziałek   Wtorek   Środa   Czwartek

Piątek

Sobota

Niedziela

Idealnie zaplanowany miesiąrek

Poniedziałek

Wtorek

Środa

Czwartek

Piątek

Sobota

Niedziela

W nic się nie mieszczę

Poniedziałek   Wtorek   Środa   Czwartek

Piątek   Sobota   Niedziela

238

Maska na dziś?

MASKA NIEWIDKA

MASKA DO WŁOSÓ

MASKA JOKERA

MASKA NA COVID

ASKA NA HALLOWEEN

MASKA ODMŁADZAJ

MASKA ZMIENIAJĄCA RYSY TWARZY

MASKA UJĘDRNIA

MASKA MASKUJĄC

MASKA USYPIAJĄCA

Poniedziałek   Wtorek   Środa   Czwartek

Piątek   Sobota   Niedziela

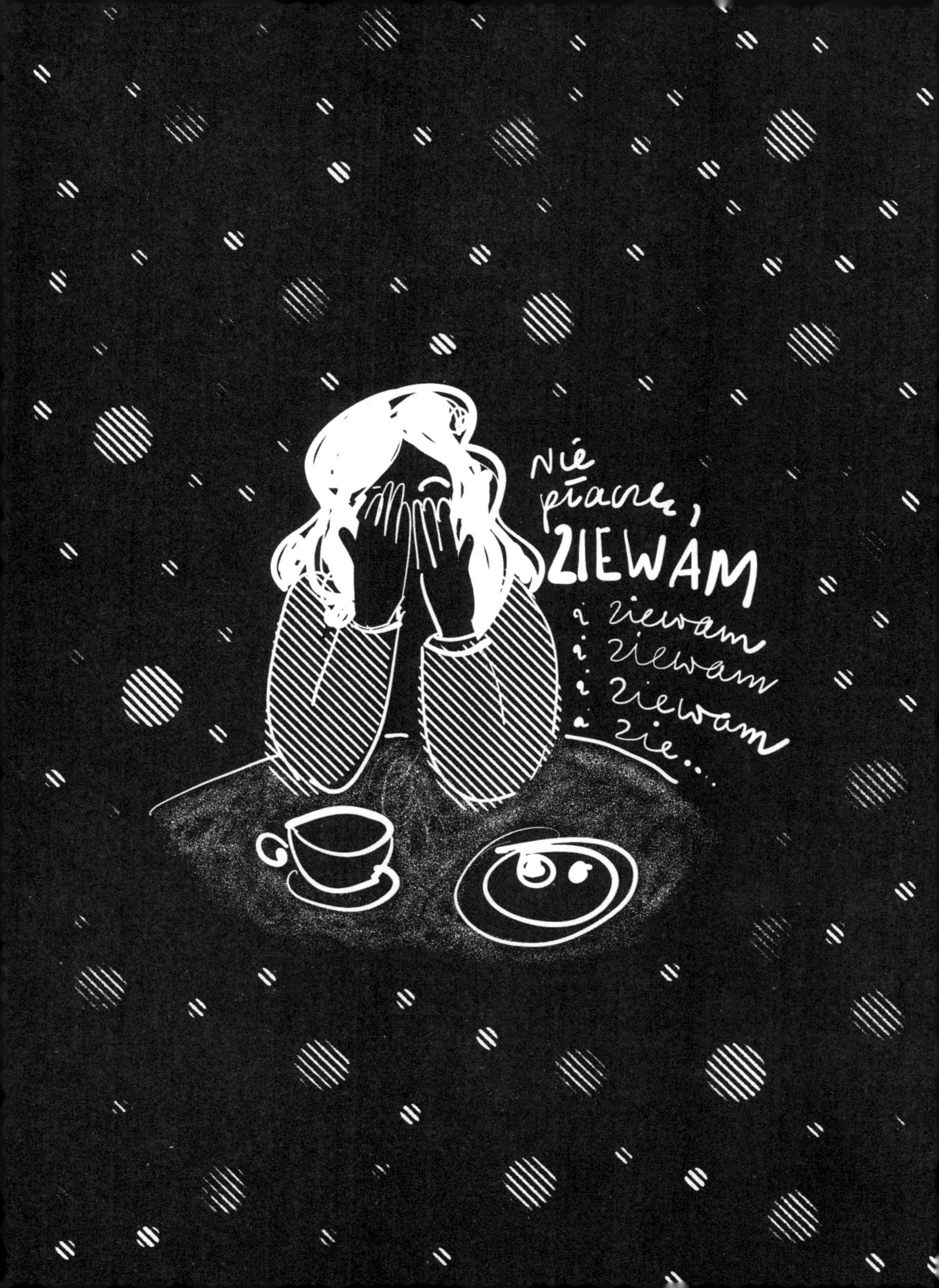
Nie płaczę,
ZIEWAM
i ziewam
i ziewam
i ziewam
a zie…

Poniedziałek Wtorek Środa Czwartek

Piątek

Sobota

Niedziela

Poniedziałek

Wtorek

Środa

Czwartek

Piątek

Sobota

Niedziela

PYTANIE NA SIEBIE

{ Kiedy
  ostatni raz
  tańczyłam ?

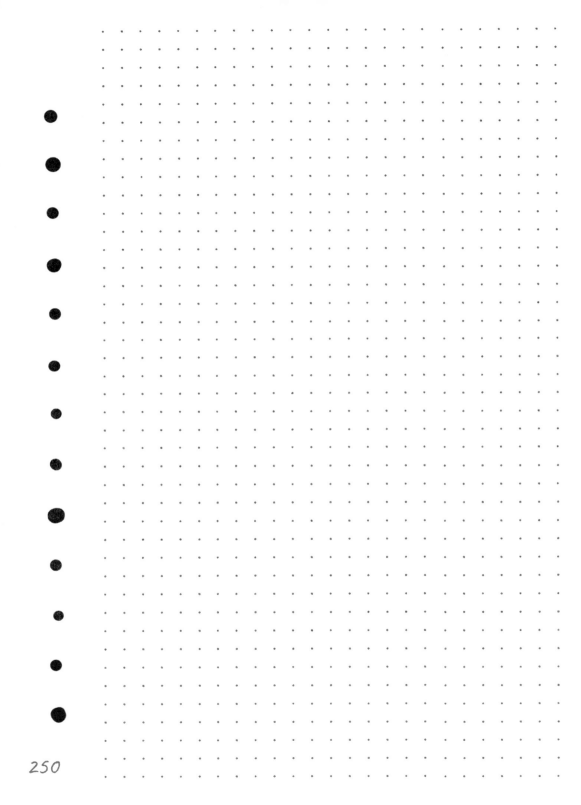

Projekt okładki
Magdalena Danaj

Opracowanie techniczne okładki
Agnieszka Tynybon

Opieka redakcyjna
Magdalena Kowalewska

Opieka promocyjna
Agnieszka Madeja

Korekta
Małgorzata Matykiewicz-Kołodziej

Łamanie
Agnieszka Tynybon

ISBN 978-83-240-8776-1
Znak Horyzont
www.znakhoryzont.pl

znak

Książki z dobrej strony: www.znak.com.pl
Więcej o naszych autorach i książkach:
www.wydawnictwoznak.pl
Społeczny Instytut Wydawniczy Znak, 30-105 Kraków, ul. Kościuszki 37
Dział Sprzedaży: tel. (12) 61 99 569, e-mail: czytelnicy@znak.com.pl

Wydanie I, Kraków 2022. Printed in EU